羅智成詩集2004

每一個魔咒的解除

都只是另一個魔咒的啓動

夢中情人

我徒涉水深及膝的太平洋
到阿拉斯加看
擱淺的座頭鯨
我的步伐划著漂動的陽光
腳掌深陷貝殼與珊瑚
被時間磨成細沙的海床
感受到血管裡
倦旅者對出發地
對地球初期的懷鄉
正和那會把所有個體
都融解掉的廣大時空
隔著一層薄薄的我
相互滲透激盪

這是何等壯麗的心慌
去目擊自己卑微的生命
參與著生物演化的
遲緩　艱難

7

不論成敗悲喜

你的每一步都在

實現永遠不屬於你的

希望

1

0936-772001
子夜鐘敲十二響
準時撥出這號碼
你便聽見傳言中的聲音:
喂？......
喂？......
越過城市的光害、睡意的覆蓋
與數位轉換
那總是緊守在旁的溫柔探問
與透過低音擴散的濃情密意
仍被矽晶精準的執行出來
喂？......

但你說不出話
像風箏剛接上飽蓄雷電的雲層
即被一件未及發生的事所電擊
你說不出話
你還沒準備好你的話題
和話語
還沒準備好
在這首詩裡用掉
僅有的一次奇遇

2

在文明失控膨脹如某優勢
細胞斑爛的泡沫溢出人類
腦容量的澡缸　而
人類軟弱的知覺再也跟不上
自己創造的過盛刺激的時代
一個
神諭與傳說
始終杜撰不出來的影像
被隱隱地期待

他將有壯美的形貌
深沉的智慧
溫婉的語調
孤獨自得的行徑
或者神秘的憂傷

他更擁有
最最巨大的理解力
可以如實告訴我們
人類此一時刻種種遭遇
真正的意涵

並且　其實
他的存在
就是我們共同的迷惘
一個可能的答案......

他嫻於散佈某種愛戀的氛圍、
令人捨不得兌現的承諾與夢想
同情又狡猾的眼神
總是勾動並嘲弄著我們的渴望
天眞又淫猥的率性歡愉
則在我們的嘴唇、肉體與
知識之間
被小心傳遞

我們枕著愛人的臂彎
以無法被密實的關係
塡補的空虛
期待並想像
那無法想像的
知感衝擊

但他一直沒有出現
因爲唉因爲
我們的文明還不足以
指認出他
創造出他

3

夢中情人來去匆匆
他開著藍如星空的捷豹
固定疾駛在午夜
幾條清冷的路段
像織夢的永夜工程中
徒然穿梭的光芒

他零散規劃不同的回家路徑
一如週末光顧
情調、口味殊異的餐廳
也許在緊踩油門的時候
一度渴望
新延伸出來的匝道
將他帶離地表上的困境

但是慣性終會把他
帶回那些熟悉的停車場
在每個部落、每個帳棚裡
固定消耗著
沒有阻攔也沒有目標的
游牧的心情

有時
他像疲憊於覓食的獨行獸
回到久違的地盤
鑽進我的被窩
濃重的鼻息像地雷探測器
沿著我的頸項、胸脯、胯下
尋找並引爆我肉體中的誘餌

有時
像被安詳的衣縷所激怒
他會剝脫我的睡袍
把我推出陽台把我
溫熱脂白的胸脯
壓在冰冷帶露的
鑄鐵欄杆花紋上
面對著樓下一部黑車
剛轉進來的明亮巷弄
狂亂推擠甩動
我半熄半醒的肉體焰火

之後　如果沒有睡著

他會靜靜站在落地窗前
如無處容身的出土石像
眺望遠方闌珊燈火中
疫病流行的遠古文明

裹著絲綢般的睡意
我以貂的視角
睨著他的側影
而他的面貌依舊模糊不清

是的
已經深夜　也已經
二十一世紀了
除了無法蛻除的疲憊
孤立、萎頓的身影
我夢中的情人
面貌依舊模糊不清

我一直喜歡夢中情人
帶著面具
那會使我及早習慣
他的死亡

在蠶叢及魚鳧的年代
他總是帶著凸眼長頰的青銅假面
在廟殿中與我私會
在巴蜀盆地溼熱辛辣的文明裡
我們的愛情混雜著
巫術與罌粟

是的
他是一個年輕的祭師
通曉許多神靈的秘密與
情慾的魅力
隱藏在森嚴的金屬面具之後
是迷人的臉龐和機警的身體
是絳色的單衣遮不住的體溫
和幽谷草本的香氣

我們忘情交歡
在牲禮之後血腥蒸騰的密室
在年久失修羊齒啃噬的棧道
在那個人類總是扛不起
眾神與大自然意志的
史前時代

夢中情人
帶著偷來的牲品
和片刻的美滿
使我安心承受
文明初啓時
殘酷的宿命
無止境的
哀傷

但是此刻
夢中情人幾乎
不能滿足任何事物

這個世界自有它的
願望與方向
並不需要他的
貢獻或思想
如屢遭誘騙仍
一意孤行的女兒

並不需要他的
干涉與感傷

他靜靜站在落地窗前
在節慶小燈的明滅下
沉吟著這個不自覺
弒除了父親的世界
以一個提前退出
歷史的局外人
預言著人類的失敗

卻只聽見遠處
一個又一個的
歡聲雷動
不停到來

他靜靜站在落地窗前
如無處容身的裸體
等待一件國王的新衣
披在眾人看不見的
夢想上

我以貂的視角
去承接他又一個
無話可說的眼色
便用濃濃的睡意
掩蓋自己

在他關門離去之前
都沒改變睡姿和
我和歷史的關係

當尼羅河
一年一度的氾濫到來
夢中情人將
停止扮演
天文學家　法老王
外科醫師　金字塔建築師和
失敗的木乃伊復健師的角色
全心全意埋首於紙草之間
寫下埃及人空間美學秘笈
和象形文字還不能充分表達的
給我的情書

之後
他將把這些紙草
編織成船
把自己的心挖出來
寄放在河畔森林裡
最高大的喬木頂端
便啓航往未知的遠方

我愛他有如

獅身人面愛它的謎
所以我緊緊看守著
那顆高不可攀的心
即使　明明知道
這個文明將湮滅
如墜毀於地球的
外星神話
而他將在
一棵遭到砍伐的樹
目睹他的離去之後
傷心而死

7

夢中情人把我拉到
陌生宅第的樓梯間
佈滿灰塵的落地窗前

像攔捕我腰間的奔鹿
爪掌在我圓滑的胴體上
忙亂攀登　失足
最後以刻不容緩的熱情
把我的下半身壓制成
走獸的角度

他從後面鑽探著我所有
可能的感觸
恥骨打樁機一般
執意要把他的足跡
釘入他急於造次的宅第

我的耳飾頸飾激烈晃動
如示警的風鈴
香檳色絲質襯衫鬆卸
裙扣翻轉

這一切都在我們談話
無以爲繼的一瞬發生
那些在地底下焦躁的能量
於是釋放於原先優雅風趣
的社交
的斷層

我試圖恢復原先的話題
但原先的話題正以
後設的形式
參與我們在樓梯間
時代精神的討論

夢中情人
善於思索與表達
宛如他正代表人類
被整個時代的迷亂
與自己的虛矯脆弱
所試煉　炫惑　欺瞞

我則是被一個清明的心智

或一個戲劇化的共同困境
所撩撥

我們必須分享
彼此不確定的肉體
以分享
或創造
一個戲劇化的共同困境

在詩經的時代
一切幸福與憂傷的公式
蒙昧未開
夢中情人勇敢獻上
青澀的表白
他創作歌謠和
各式優美的儀態
取悅半醉於韶光的窈窕淑女
孔雀開屏般
展示並窺視彼此的
種姓與教養

春社期間
隔著楊柳款擺的河岸
我們遠遠搜索著
彼此的身影
黃昏的時候
沿著桃枝疏落的水湄
我們的目光越過
緊張而不完備的禮法
恣意交纏

手執岸芷汀蘭
夢中情人涉水而來
背對著眾人的喧譁
以唐突的言談
叫我頭腦昏亂
心神蕩漾

那時
林野深處狐狸現蹤
地心引力
流竄於閃爍的眼瞳
探索的慾念
緊裹於若即若離的言行
即使是對望、對話
都叫我們氣喘吁吁
吸不動空氣的沉重

夢中情人涉水而來
在東郊舞雩
散場後的祭台下
獻上青澀的表白

他對於他體內以及
我身上的陌生事物
表現分外珍惜與虔誠
並試圖盡責地處置
慌亂的激情和激情後的
荒蕪

我怔怔看他仔細把單衣
把花和佩玉
覆在我裸裎　舒展的軀體
彷彿要賦予原始的愛慾
間接而文雅的意含

他撫弄我的長髮
輕舔我的睫毛　鼻尖
唇及乳暈
在本能的最終點
我目擊一熱切的文明
呼之欲出

9

我徒涉水深及膝的太平洋
到阿拉斯加看
擱淺的座頭鯨
我的步伐划著流動的陽光
腳掌深陷貝殼與珊瑚
被時間磨成細沙的海床
感到某個脫離了數序的
「**1**」
和無限大的數字
對峙時的茫然

座頭鯨的哀鳴如
末日工廠鳴笛在遠方
反覆宣告行星的衰亡
翡翠透明的淺海
沉澱著各種物種
過去和未來的殘骸
無人可解的信息
載沉載浮於
漂動的陽光

我像被文明擲入
大海的瓶中書
帶著自己無從開啓的
訊息或體悟
佯裝尋找
幾乎不存在的
命定的讀者

四面而來的風中
隱約有鹽及海藻的
腥味　紫外線
莊嚴的樂音或耳鳴
那是在詩中
失傳已久
不祥的預感

10

誰能比他預感到
更深的不祥呢
當他第一次知曉
自己的能力與慾力

那些被他染指過的女子
內心究竟想過些什麼
楔形文字的文獻
始終沒有記載
但是整個巴比倫文明
對自身神話裡
這聲名狼藉的神祇
顯然非常憤怒

他們群聚廟殿
祈求眾神共同
懲罰　追捕他
陷害　獵殺他
遣我下凡來勾引他

但是我如何能

勾引吉甘美西呢
當他
不設防於任何勾引
無法無天　無辜無畏
孤立於所有平庸的
生靈與強敵之間
並直覺到
我將置他於死地

我如何能勾引他呢
當我必須先抵抗他的
膂力與激情
抵抗他輕率但
純度極高的相信

當我必須先抵抗
傳說中自己的一意孤行
跟我同一邊的人
不會了解也永不會同情我
緊接而來的
背叛的念頭

11

我不曾在
詩裡與詩外預期
以文字去背叛
深深陷住我的
那躁鬱的時代
當文明退化的病毒
透過虛構的恐懼
攫住擁有一千種宿命的島嶼
並侵蝕它九百九十九種可能

在最壞一種可能裡
人們對自身的愚昧
殘忍與醜陋
完全喪失免疫力
最壞一種可能裡
任何輕率的言辭
任何原始的情緒
都會迅速蔓延成
沒有抗體的眞理

他們鉅量生產、消費

二位數以下加減法的
政治　語言與文化
— 而他們
他們不笨也不壞
只是恰巧在歷史上
扮演著彼此的反派

像舊約的粗劣翦影
他們以激烈的信仰
役使著
他們供奉的神明
每個人內心的猛獸
隔著欄柵相互嘶吼
老祭司傾吐著心中的蛇蠍
我們也用可憎的言詞
淬厲心中的毒液

被仇恨的重金屬所污染的
愛
半衰期太久
被美麗詞彙所簇擁的

惡意
在大街上行走
以致良善的人
再無法辨識自身
不良善的因果

我不曾在
詩裡與詩外預期
屢被鏤刻於聖牆
備受膜拜的金科玉律
以等量眞誠被實踐時
仍可以夾帶這麼多
泥沙與敵意

所以
我緊緊牽著夢中情人的手
隱藏著自己的美麗與善意
文學派別與血統
愈加疏離這熱情洋溢的街頭

12

所有猴王
都是醜腆　不安而
孤立的
他們高強的武功　法術
和進化的文明
本不應該高過人類
他們喧囂鼓譟的徒眾
更有如跳樑小丑
但是這是一個森林的國度
森林自有自己的進化主張

我的夢中情人　是
多年前自快樂結局中
殘酷擄走我的魔王
雖然此刻他的屍體
已支離破碎爲
曲折的地形地貌
四散於印度洋和
安達曼海上
我和他從不曾開始的美夢
卻還沒有自現實的

噩夢之中清醒過來

當猴王帶著我
久違的王子現身
於
善惡對決的戰場
我驚覺到
某種不是由
愛情　忠貞　堅忍
或快樂結局組合的
情懷
已徹底支配了我

那是絕望殺不死的
對命運置身事外的
忘情參與…

我溫馴地隨著援軍離開
而前所未有的悲痛
席捲過來

而我一直是善於隱藏的
我和夢中情人的秘密
將被溺斃於比潛意識
更深的海洋——
那加倍動人的
史詩的虛構裡

13

一個島嶼
可以分成兩個半島嗎

沿著我夢魂牽縈的溪谷
與世無爭的聚落
感傷記憶的斷層
一直裂到不停
坍塌　飄雪的峰頂

然後
海峽的水
將從此流入太平洋
把我們的恩怨
一筆勾銷

一個島嶼
可以分成兩個半島嗎

這樣他們也許還有機會
不必見識彼此最
沒有必要顯現的

黑暗靈魂

但是災難已從
口中次第開啟
在被下了毒的語言的
輪暴下
整整一個世代
互信共存的童貞
已經失去

他們爭相扮演
凌虐文明的祭師　丑角
在刑求彼此信仰的
惡性循環裡擔任
下一個惡因或
上一個惡果

群眾是沒有能力
自我治療與反省的
他們已被分配好
縱容與盲從的角色

在勝負的憂喜中
亢奮　焦躁
備受煎熬

透過這些反美學的行徑
意識形態的群毆以及
毀損別人的尊嚴可以
修煉出自己的尊嚴嗎
還有那些偏食的
同情與正義感？

啊我需要
更好的榜樣
來重塑另一個社會

我需要另一套神話
來重造另一個國家

但我始終不夠盲目
執迷　衝動
只有在愛情中

那缺點與弱點
還來不及現形的
夢中情人
或可讀見
我溫馴的
盲從與縱容

14

高潮是自戀最根本的形式

夢中情人
站在愛情食物鏈的
奧林帕斯峰頂恣意
揮霍他的權力與荒淫

當他以濃密的睫毛
覆蓋著我
以天鵝的雙翼
緊箍著我
且笨拙地以巨蹼划動
我被動的情慾
一度我覺得
他極力想擺脫對人類肉體的耽溺

從克里特　米洛斯到小亞細亞
我們化身爲各式人獸交歡
皮膚摩擦著皮膚
汗毛割刈著汗毛
血管糾纏著血管

慾念激盪著慾念

皮膚填補著皮膚......

這些永恆而原始的主題
在瓶畫以及
西班牙老畫家的性幻想中
被熾熱烘焙爲
勃起最優美的形式
卻永遠無法替代
生命在那一時刻
一心一意的紓解

夢中情人
承載著自己的神力
根本無法駕馭的
獸性
狼狽地以凹陷的肚腹
去承接
清如微風的刺探與挑逗
混濁的氣息交融著

半人馬　薩提兒
巴克斯和波西頓的
血液　酒液與精液
那些氣血
拱起了筋肉
豎起了列柱
並把一切力量指向
眾神遲遲不肯進化的——

在同一個私處
誕生了
阿波羅和
戴奧尼修斯的
文化

15

有時
夢中情人擱下
自轉的地球和
任何預定的下個動作
端詳著自己
刻意塡滿穿衣鏡的
赤裸形象
溫柔專注
宛如要在平滑的鏡面
追溯多年前
不告而別的
十七歲少年
的肉體線索

他是個彼得潘
總是在初戀
我卻愛他愛得
太衰老

當我百般舔弄他
胯間的獨角獸時

我必須不時撥開
那些過動的想法

它們不停騷擾我
將我驅趕至
被黏液與唾液
所中和的憂傷裡
在彼
我完全被我對他
當下感覺的入神想像
所激昂

我說　它叫什麼
果然他說彼得潘
聲音充滿憐惜和
警戒

相對於夢中情人
彼得潘一直是半獨立的
它總和大腦相互消長
卻是男子身上唯一

可以多次領略死亡又
復活的生命體
也是他們年輕的素質
最後的隱藏

我狎暱地丈量
熾熱夏季裡的
男體半島
從鏡中
看見她
翻身而上
像全力朝礁岩
迸裂的海浪
吞沒孤獨的燈塔
像被深深釘於燭臺上的
柔軟火焰
被高舉
卻照不見底下的深淵

16

「原先
我以爲我們的文明
越來越無法容忍
古代可以承受的
愚昧與野蠻」
他說
「因爲我們脫離
演化的行列夠久
在基因裡鎖死我們
幽黯本性的神秘數字
總會減損　脫落」

「但我不曾在
詩裡與詩外預期
長期隱匿進行於歷史中
爭奪群眾與意見市場的
鬥爭裡
較爲自覺　眞誠的知識
屢屢受挫於
政客粗鄙的本能
和他們與資本家

愚民體制的結盟」

「他們更接近他們」
他說
「而他們則像蒼白的囈語
無法離開地下室的
地下書店太久」

「我死守在鬧區的書報攤
等候秘密組織給予間諜
最關鍵性的一道指令
但是組織已在
一個世紀前解散
我上一次的指令
其實是來自一本
絕版詩集的詩句...」

「但我不曾
在詩裡與詩外預期
美好的生活文明所
帶來優越的思索位置

完全無法動搖我們
宿命的矇昧與自欺
不曾預期
人類粗陋猙獰的心智
繼續驚嚇統治著人類」

17

每一個惡夢的出口
都只是更深惡夢的入口
每一個魔咒的解除
都只是另一個魔咒的啓動

在全球化的歡樂列車、
高科技媒體、消費嘉年華
在位階最高的價值與
說出它的最俚俗齒縫中
我聞到蛇虺魍魎亙古的
腥氣

在開往戰場的神聖同盟
在僞善的語言與
逼眞的影像無法
粉飾的喪葬隊伍
我看見獵巫者　種族主義者
帝國主義　社會達爾文主義
和那些被
除魅過的符號與布偶
被陽光銷蝕掉的屍骸

以更尊貴的服飾與權杖
重回城市的廣場

黑暗的歷史
重新造訪
但沒遭遇到反抗....

因爲
從CF裡的咖啡座瀟灑回頭
從TV、DV、MV
數位遊戲、漫畫與動畫
空前的造夢生產線上
魚貫而出的夢中情人
正遮住我們的視線
遮住我們急於擺脫
或替換的生活原貌

他們以完美的腹肌　鼻樑
精準的市場定位與設計
呈現在街角的大看板上
散佈不需要認識也

不需要通過靈魂的
戀愛方程式

他們被大規模地知覺、
注視、渴望而
擁有更高的存在等級
存在密度
而更接近世界中心
接近眞實

我們懷著自我邊陲感
向他們複製　靠近
就像由鄉村往城市遷徙
由舞池往舞台推擠
蟲蛾往灼熱的光源
歡聚
那急於否定孤獨的
孤獨的行徑

18

我們因此更難找到
我們的夢中情人了

抵抗的勢力將退回森林
將再也沒有回來
原先的文化理想
將來不及學習自己的命運
即淪爲聊備一格的手工業
販賣濫情的紀念品
在富商慷慨捐建的
保留區

每日
我走避於
黃鐘毀棄
聲色淩亂的街頭
四處張望四顧茫然
在這虛無與感傷都
無從附著的空心之城
今昔智者的智慧已被
喧囂的言談稀釋爲零

苦心與苦索換得的
深刻體悟
被太容易的機鋒
稀釋爲零

文學被解除任務
眞誠的書寫
找不到容身的書架
信仰找不到
和我們的困惑與熱情
相稱的
偉大對象
詩歌找不到
和文字相稱的
偉大對象

19

我的夢中情人
是一人游擊隊的隊長
艱困地在自己內心的
佔領區進行
零星的抵抗
他試圖以
英勇的思索去
平衡現實世界裡的屈從
但對自己軟弱的意志與
無能為力
也無能為力啊

每一座認眞堆砌的思維
總被倏起倏落的潮流沖散
每一線反省的靈光
總被誘惑與慣性
殂擊　埋葬

他忙亂地思想
思想又迅速擦拭思想
於是在餐桌及床笫間

他屢屢爲失神致歉

所以他翻身繼續吻我
把他的舌尖溢出我的唇線
把我的味覺擴充到兩頰　耳垂

他溫柔地探索
我的身體像
一座深淺不一的
不透明湖泊
當他一腳踏實
我便收聚全身的官能
去承受
當他一腳落空
我便閃躲如
湖底淤泥的水蛇

20

在我之前
夢中情人已殺掉他
一百零一個妃嬪了
但我在無邊恐懼中
興起奇妙的安全感

隱藏在盛怒之下的
其實是某種未啓蒙的
愛情
迷惑焦慮且易於受傷
像未經琢磨的寶石礦
無助地以自身的黑暗
要切割出自己的光亮

我們君王的挫折在於
找不到溫馴柔美卻又
堅固堅定的肉身寶庫
來托寄他脆弱的自尊
一旦他露出愛的破綻
我將餵養他
無數虛構的故事

我將餵養他
無數虛構的故事
在伊斯蘭憂傷的天啓中
種種偏執的純潔與理想
都需要大量
遠離事實與恐懼的想像

面紗　面罩與黑袍
十三歲的自殺刺客與
雙眸如電的人肉炸彈
他們都屬於
夜涼如水的天方夜譚

沒有人和我們一樣
那麼當眞地服從
先知和我們自己的
願望

當炸彈之母轟擊著千年古墓
意圖驚擾往昔聖賢

異教徒
如何能理解
我們在永恆的荒涼中
建造的無私無瑕天堂
原本緊鄰著死亡

當炸彈之母轟擊著千年古墓
意圖驚擾往昔聖賢
我如何能忘記
巴格達那繁花似錦的年華
巨燭通明的後宮之夜
阿拉一度向我顯現
慷慨如油田
純潔如新月的
男子漢的文明

21

我曾陷身於一處又一處的荒原
而且找不到出口

我曾站在亂石如碑的冰磧異境
我曾站在靚草如梳的無垠濕地
我曾站在野花爲氈的遠古戰場
我曾站在人群簇擁
全球捷運終點站都匯聚於此的
地表中心
我曾站在水深及膝的太平洋
而且找不到出口

我曾陷身於一處又一處的荒原
在夢中
我知道
那是沒有參與這些的我
企圖向已參與的我重述
白天所經歷的
生活

22

「後來
年輕國王下令焚燒了
我的後期詩作
一個個著火的字句
在盆地的都城裡飛散
原先的讀者們刻意閃躲
那華麗至極的繽紛意象
直到字義焦黑爲燼

他還把我叫到跟前
『你在年輕時的作品
曾爲我們建造無數美夢的溫床
還有對美德與智慧的美好想像
我幾乎是以你的詩句
來引領我對整個王國的構想』
『你不該以此時的平庸
和一意孤行的冒犯
戳戮我們記憶裡的珍藏』
當他說這些話時
美麗的公主並在一旁怒視著我

她曾被我的言談吸引
與我在被禁錮的塔上
纏綿七日夜
她的長髮　體香和
思辯能力
讓我完全明瞭自己詩作
被誤讀後的
魅惑與不可理諭」

「愛過我的人
總是不停讓我覺得
我總是在背叛自己
我也必須以這樣的
愧疚和傷痛
回報他們的悽楚

我流著淚離開那
原木鎏金　美麗而纖弱的國度
正如更早之前
我離開了妳」

23

倚著庭園內的大門
夢中情人的新戀人
帶著交心的誠懇和
同行的熱誠
和我閒聊雌性動物的
戀愛本能

夢中情人似乎預知
這樣的場面
靦腆地退回書房
也許他曾意圖插嘴
但我們全神傾談

她說
我們都知道他最愛妳
整個下午
我們的言談
幾乎無法見容於
一夫一妻制的
文明

那是一種溫和的荒淫嗎
還是被水瓶世紀的本質
所鼓動的一種逾越的友誼
一種清澈似水無所不在的
情慾

夢中情人總是
帶著七吋匕首
去行刺那些被
善體人意的言行
所誆騙馴養的
嫻靜的文明
當她們挽著他步出電梯時
胯下仍緊張夾著
濕而溫暖的歡愉

以被慾念煮沸的眼神
灼穿文明的皮層
注入清澄的思想
或昏昧的體液
他需要如此露骨

而親密的表白
那是雄性動物對
美麗悅人的對象
最直接而本能的善意

藉由這些愛情典故
的開採與收藏
人類得以用最主觀
直覺的方式去貫徹
所謂自我其實也就是
所謂文明
永無休止的
擴充、消耗
裝填、掠奪
唉　虛無的
本質

24

我常常在想他是否會
常常想到我
但是自我中心的孩童
不會在摔跤之前回頭

生命中其實有許多
不容思考的
禁區與時段
我常常在想
太了解人性
會不會讓我們
再度被逐出
第二座伊甸園

所以
我總是以極深的罪惡感
偷偷在想
偷偷在觸及
愛戀底下的眞相

那時

他正用舌尖撬開我的牙齒
捕捉一隻拙於言詞的
鴨嘴獸
穴居　哺乳又兩棲的我
仍適時孵出了憂傷的
想像

像一種
我的身體一直
耿耿於懷的時差——
不是兩小時或
八小時的那種
而是十幾光年又好幾天

我總覺得
我對生命進度的
適應　體會與期待
在他的心跳　脈博介入之後
始終調整不過來

我知道我遲早

會和時間一樣
對他那逗留
已然太久的青春
構成威脅

而他
他遲早會和我一樣
因爲逾期居留
必須在年輕歡聚的
親密言談中
躲閃內心的衰老

25

早在鼠疫蔓延之前
我們的戀情就被隔離了
被宗教　階級與
無止境的無知

披甲執矛　高踞馬上的
夢中情人
他對我的癡狂執迷
也是一種無止境也
無由消除的無知吧

在中古時代
我們和世界上所有事物的關係
都是一種宗教關係
被城堡　婚姻與
思想禁錮的我
本質上只有
農婦的天眞
和女巫的情慾
但他看見的
卻是神話的原型

美德美感的結晶

我相信
當盔甲蓋上
他就閉上了眼睛
否則怎麼可能讓
一個謙卑的信仰
成爲野蠻的聖戰
讓風車或毒龍恣意
肆虐於衰老的夢境

怎麼可能陷溺在
始終未遞出的情話
與未執行的暗戀中
只爲了獨享
無人可以匹敵的愚行
不虞被分享的憂忡

怎麼可能那麼無保留地
渴望與受苦
宛如一個用力孵化

神蹟的信徒？

我被他灼熱而
一廂情願的想像
對象化了
像失靈百次
終於靈驗的施咒
塔樓內的我終被
鑲嵌窗外的陽光染色
成爲我所不解的傳奇

他不停添加我本來
不以爲屬於我的事物
我也漸漸透過他來
看見我所
不曾是我的自己

我們的愛情
是一種不可以實現的
宗教關係

我不能離開
我的寶座
否則我的
黑袍騎士將
找不到
比他的情慾
更高的目的

26

送我回家後
夢中情人幾個起落
上了大廈頂樓
從那條漫畫中的捷徑
回到他孤獨的書房

雖然在白日的言談中
他溫文合理一如凡人
可是內在一直是個
整裝待發的夜遊俠
在歌德式都市叢林中
意圖以高超的智能和體能
甚至軟如十層床墊的
溫柔言詞
全心全力保護我

有時我相信
他甚至會冒著風雪
倒掛在一零一層大廈頂樓
默默守望著我所居住的
庸俗躁動之城

如聖母院頂端的石獸
等待末日的到來
如多事的
失業賦閑的守護神
等待一滴無助眼淚
的徵召

或者
夢中情人在白日並不存在
他和黑夜與寂寞共生

每夜
當我卸下華麗的裝扮
回到庸俗城區裡
一部黑車剛轉進來的
明亮巷弄
摩娑著緹花被窩
孤獨滑進和百萬人
同時進行的
輾轉難眠
夢中情人才會現身
　　　　在我夢境到不了的遠方

27

戴面具的不速之客
出現在避世貴族的
化裝舞會上
他披著黑色長袍
森嚴穿過靜止的樂聲
全身散發不祥的香氣
許多人因恐懼而哭泣
許多人因垂死而感到屈辱
而哭泣

在疫病橫行的年代
我們對人類歷史的義務
是否已自動解除

每天
我們帶著前一日累積的驚恐
向這個飽受威脅的
人類社會報到
彼此清點殘存的希望
運氣或或然率已成爲
明天唯一的意義

每夜
我焦急地等待
夢中情人
穿過死亡
和祂重重的陰影回來
穿過屍堆　柵欄　火葬場
巫術　草藥以及排外情緒

夢中情人臉龐消瘦
髮次濃密
憂懼使得深陷的目光
更形銳利
在死神環伺的時刻
這健壯的軀體會不會太招搖
我貪婪地吸食
他散發出來溫熱的氣息
攀登那起伏的　彈性的
血液快速流轉的肌膚
像燃燒生命之菁火以
抵抗死亡的侵襲

但是長夜已不足以遮蔽
我們置身歷史之外的
棲身之地
安全的世界易形縮小
我們在有毒的空氣裡飼養著
奄奄一息的愛慾
最後
我們的潔癖
只能容身於互換的體液裡

在整整一個黑暗時代
人們停止生活也停止期待
夢中情人總是準時到來
那是生命最難保留而
愛情最被信守的時刻
我想把我的夢中情人
深深刻在官能的記憶裡
或把他深藏進子宮之內
直到黑死病離開的次日

28

夢中情人體內
一直深藏著一個少年
那是他與眾不同的地方

每當他例行放縱了
常人的過失與衝動
少年都會醒來
帶著陰鬱或懊喪

少年嫌惡我畏懼我
擔心——
無謂地擔心
我將使我們的夢中情人
更趨安適　軟弱　平庸

因爲少年深怕
擱淺在我下游臥榻
這衰敗如優氧化水庫的
修長男子
將永遠忘記他們那
反覆被記憶所誇張

早先不凡的心智冒險與
拯救地球於溶解的
張狂志向

忘記他們擅自延襲
每一次文明沒落時
那些浪漫　憂忡的
文學家與哲學家的
憂思
忘記那
總被深沉的憂思
所單戀的女子們
姣好而稚氣的
臉龐
以及
平行著
我們殘破不堪的
歷史門牌的
文明盛境

雖然夢中情人極力掩飾

每次繾綣纏綿之後
少年都會醒來
少年嫌惡我畏懼我
殊不知
那正是我溺愛他
信仰他
直覺的理由

29

爲了領略河豚的美學
我們和致命之毒狎暱相處
相信愛情必然的欺瞞與背叛
不必然現身在每個
有毒的肝臟

所以夢中情人必須夠壞
這樣他才熟悉並有能力
應付　嚇阻我們周圍
充滿惡意的世界
必須夠壞
才能知曉並呼應
嫻靜外表下
我們那些齷齪的念頭
才會熟巧地爲我們編織
精美的謊言或
爲了一個不是那麼必要的
性愛
輕率背離對他人與自己的
陳諾

而所有的陳諾
其實都是在
阻止
那些不可能的戀情的
誕生啊

夢中情人必須夠憂鬱
才能顯示他對生命的
深刻理解
對理想的執迷
以及對膚淺自棄之我的
誠懇與陷溺

夢中情人必須夠成功
才能讓我信賴他的判斷
並相信此刻的挫折
源自一種優雅的選擇

夢中情人還必須夠失敗
以顯示他不適應
並因此超越了

俗世的遊戲規則

即使夢中情人具備這一切
並以他在愛情上的優勢
徹底支配我的情慾
他仍將受制於現實
世界爲大多數人所
頒定的腳本：
在舞台比觀眾席多的
孤獨場域
認眞準備百萬句台詞
而沒有得到一個
開口說話的角色
成群成群消耗於
讓他不斷自我工具化的
生產與消費
家庭與生計以及
蹣頇殘忍的上級
粗暴魯莽的社會
無能理解他的情人
二十年房貸　偏頭痛　胃潰瘍

資本家與服務生的間接藐視
弱智政客的間接藐視
美國政府的間接藐視
恐怖份子的間接藐視

靠著零星的自欺
自戀或自瀆
抵抗廁身無垠宇宙的
渺小與孤寂

30

我徒涉水深及膝的太平洋
到阿拉斯加看
擱淺的座頭鯨
我的步伐划著流動的陽光
腳掌深陷貝殼與珊瑚
被時間磨成細沙的海床
我清楚地意識到我
在每一時刻的思維
都屬於漫長演化中
微不足道　大量生長
且不以自身爲目的的
過程

雖然　我仍掛念
漫長的過程後
我此刻的取捨
所舞動的蝶翼
將在時光另一頭
演化爲旋風或
旋風下的蛹
草食　肉食

或雜食的物種

然而
超越自身尺度的
種種想像與思索
絲毫不曾
讓我虛懸於宏觀文字的
書寫企圖
找到安心落腳的
意義或礁石

絲毫不曾加快或
加大我在淺灘上
艱難　遲緩的
個人演化行動

31

然而
漫長的演化後
我此刻的取捨
所舞動的蝶翼
將在時光另一頭
蛻變出
旋風或旋風下的蛹？
信天翁或是翼手龍？
生化超人或遭電玩
角色越界獵捕的對手？

或
在深海斑斕壯觀如
奇妙的建築或樂章
一脫離液態時光就
脫水癱瘓完全撐不住
自己的浮誇與華麗的
思想水母？

無視於我在每一時刻
肅穆地取捨

演化的天啓早
被突變的慾望
與工具理性所
繁殖的偶然性
恣意塗改　塗鴉
成爲失控的夢境——

在離太陽一億五千萬公里的
水藍色行星上
沿著既有知識搭建的
隔間與鷹架紛紛陷塌
界　門　綱　目　科　屬　種
所有界線正
遲疑　消失
模糊　更動

在離我們眼球三十公分
感官經驗的
形而上的鏡片下
技術上的奈米
隨著更早熟的

觀念上的奈米
變更著事物的本質
自始就在彼的邊界
像年久失修的海堤
分不清也望不見
新的滄海與桑田

不停被重新定義的
名詞　動詞　形容詞
使得意義節節敗退：
可分解或不可分解
導電或不導電
陰性或陽性
無機或有機
好或壞　眞或假　美或醜
短暫或永久

如果有一天
愛和不愛之間的差別
也被語言的整形手術
所縫合

你還會那麼耿耿於懷於
我不曾在你如
舌尖已麻痺的捕蠅草般
的肉體上留下
「我愛你」的蛛絲馬跡嗎

32

我清楚意識到
我們知識的終點
和此刻的信念
都只是漫長演化中
微不足道的一環
不可預測的環境
不可實現的夢想
注定是我們將
拴緊無數螺旋體
裝配而成的肉身
進行天葬的地方

也許最好的物種
最好的環境或
最美滿的遭遇
從來就不適合我們
也
已經發生過了

33

他從背後進入
像一支針尖
襲擊一隻蝴蝶
她的唇印與美麗
幾乎被拓印在
舊米黃石牆上
她俯身又蹶起
如波斯花瓶的把手
如一婉轉成形的密道
通往一短暫的天堂
密道坍塌
立方體的快感潰堤
他投身而上
去鎮壓一座
被觸動的火山

這是獻祭過程中的
瀕死歡愉嗎
但我仍想睜眼窺探
這永無饜足的儀式
所獻祭的對象

除了本能之外
還有更高的尺度嗎
可以區別
發生在同一具肉體的
不同的愛戀與
溫柔

還有比慾念更高的法則嗎
足以讓他愛戀的異己
駸然淩駕於自戀的淫狎
足以阻止人類自命爲神
去消耗遠超其所需的
智商與卡洛里
去供奉　取悅
自外於進化的
那些部分

——但是當慾念開始
就很難中途停止
那時他的腦袋
像海水水族館

所有淡水的思想
都無法立足

34

每一個惡夢的出口
都只是更深惡夢的入口
每一個魔咒的解除
都只是另一個魔咒的啓動

所以
背叛其實是
對生命與能力之
有限性的
背叛

那對正確期待或
了解我們的夢中情人
至為重要

雄性交配後就該死的
大自然的設計
從生命最底層
支配著男子們
交配後的情緒
以及

下一次交配前的虛無主義

那時他的腦袋
像海水水族館
所有淡水的思想
都無法立足

被迅速混和的體臭
點燃了我們血液中
以鹹味寄存於水的
火的元素
沿著血管微血管
遍佈兩人的軀幹

隔著薄薄的皮膚
帶著血腥味的
鐵的磁性
相互滲透
劇烈分合
直到陰陽兩極歸位
生命落空
血液退出

35

文明
發生在兩者之間
也只發生在兩者之間

是的
射精的同時
理性便回塡進來
那麼清澄清晰
不可避免帶著男性
在性愛過程中
本質上的惡意

那時候
他最適合死
最適合重新整理
事前被擠出去的
荒涼思緒
草擬
接下去要開的
高階策略會議

夢中情人爲他的本能

抱著笨拙的歉意
他極力以濃烈的絮語
撐住
那比充血的海綿組織
衰頹得更快的熱情

但我已在他極力閃亮的
眼眸的遠方
看見熱情與
某一次生命的
熄滅

夢中情人
把他的肉體堆積過來
像湮滅某種證據一般
把正快速從記憶蒸發的愛欲
堆積在我身上
以擋住激情的撤退

但是一個又一個
屬於淡水魚類的念頭

已陸續回到
他的腦袋裡了

36

「在這一次或每一次
文化史的分裂中
爲什麼我總覺得
將又加入
節節敗退的一方？」

「如果婚約是每個人
雜交期與單婚期的分界
晚婚會不會正代表
婚前象徵的合法荒淫
已凌駕我們神聖的婚姻？」

「還有
如果孿生的雙塔知道
他們的崩解只換得了
一百個無知部落的陪葬
和一隻藍血蜂王的
嗡嗡作響
他們會否覺得原先
巍巍撐起現代文明
的天際線直如長達

半世紀的虛擬實境？」

「每個人的內心裡
都潛伏著一個
恐怖份子
等待更大的
仇恨與災禍的鼓舞
去反擊所有
無以排遣的
受挫與屈辱.....」

「而我該如何專心
回到被窩裡
銜接起一段親密關係
並且不讓她知道
我的心思已離開許久
一路想到這裡？」

37

我不曾在
詩裡與詩外預期
新世紀才剛起步
文明就緊急踩了煞車

而踉蹌衝過頭的我
探頭瞥見了孤寂的
先行者才會看見的
那比文明更持久的
蠻荒
其實　始終
座落在我們文明的核心
與被智慧所包裹的
粘稠的腺體裡

我總覺得
在漫長的演化過程中
我這個個體始終
處於整個物種的
落後部分
並與別人在

擴大差距

因為不論是
心智或肉體
眷戀不捨與
美感上的潔癖
在我的基因裡
佔了太高的比例

每一個人
其實都是
自己血脈的
瀕臨絕種動物
都在
艱辛地讓自己的
基因或價值觀
延續

我希望我對情感的
反芻癖性與
對耽美的偏執

能夠穿越天擇
繼續留存於
後世子孫的
感傷與疏離裡

至少
繼續留存在
你的記憶

38

或許
如同過去這億萬年來
降臨三葉蟲　始祖鳥
鸚鵡螺　劍齒獸與
鳳凰身上的結局
或許
我們還是掙不出
和相同物種爭先恐後
擠往下個捷運月台的
億萬年長的
甬道

我們將留在後面
消失或淪爲
次等族群

毋庸憂傷
這一切不過是在
重複或預演
無數我們所知悉
或完全不知悉的

地球的絕大部分
斷然消逝於每一
分分秒秒的過程

毋庸憂傷
這一切不過是
發生在一首詩裡的
不祥預感

將隨著閱讀的結束
而被忘記

更不用惋惜：
沒有憑弔者
美好的事物
就不算失去

39

逃到台灣之前
他們一直在逃
有時是躲閃
有時是撤退

夢中情人
那時官階不過少尉
除了隨身細軟
一枝鋼筆
只有造假的學歷
和漸漸被各種新的說法
塗抹得更加不確定的
童年記憶

他們一直在逃
或一直在死
一直逃到河邊
還來不及喘氣
到河邊汲水的人群
又以驚弓之鳥
不該有的緊張動作

引起骨牌般的驚慌傳遞
他們就這樣
在互相踐踏的死傷與
溺水的無告中
逃離了對八路軍的恐懼

接下來的故事
歷史和兀自凋零的
老兵都來不及記住
夢中情人在廈門或海南登船
在離情　暈船　嘔吐　各種臭味
和疫病中平庸苟活
並照顧病瘦且
和丈夫失聯的她

那個時期
人們對生命的視野
不敢越過明天
不敢越過下一餐飯
而那樣
不敢正眼看未來一眼

悽楚將就的愛情
卻也存活過來了

在大通舖的臨時弄堂
在或睡或醒的窺視裡
他們躲在通衢要道的
草綠色棉襖下狼狽交纏
噩夢中她突然驚醒
發現死亡也以各種睡姿擁著她
打鼾

但他們將漸漸習慣
命運的三等艙
夢中情人將從卑微　倉皇與
長期胃病的病容中
磨練成堅實的個體
她將在他的眼底
看見曇花一現的
英挺　幸福與擔當

夢中情人以他所能

摹想的異國電影情節來
摹想淳樸的浪漫
竭盡所能爲她儲藏
貧瘠生命所能收割
甜美記憶的片段

然後在五零年代他將死於白色恐怖
而她將在之後更晚更晚
發覺自己始終沒能離開
那艘逃難的船

40

魔鬼會是我們自身
演化最迅速的部分嗎
還是自始
浮士德就是梅斐斯特
演化而出的
分歧？

夢中情人的
雙重身分
在我們的思辯
與迷戀之間
變換交替著
但是他似乎更急於
離開這樣一個問題

因爲
夢中情人
本質上無法容身於
嚴肅的思考裡

還是因爲

耽於歡愛的我們
不願廁身於
答案太遙遠的
哲學之謎

但是追根究底浪漫
是多麼嚴肅的事啊
當一座城堡像天鵝般
在晨霧托起的山巓展翼
而執意起造它的
怪誕君王
被發現在湖中
被冰洌的傳說溺斃

然後我們將站上
那些羽翼的遺骸
再一次相信了
不再被相信的無稽——
確實有過不止
一種人類或文明
視夢想與神話爲

無所遁逃的鄉愁
竭力把那無處容身的
非法時空、永恆憧憬
最私密的白日夢與
角色扮演
顯現於綿延廢墟、
大歌劇院和
澎湃的胸臆也
無法收容的
悲涼樂聲與風聲裡

雖然
追根究底浪漫終
不免是人類心智
最幼稚原始的
素質的混合體
像轉世而來的
未竟之夢
我們的執迷
緊緊糾結著
我們最初的
美麗與哀愁

41

是的
在詩中
地位崇高如祭司的
夢
其實是最單純原始的
心智活動

在彼
所有矛盾都被
未經整理就加以收留

那正是夢境的
本體論
所有因爲矛盾
而不可能存在的
事件與物種
都在大腦中
一彎沒有永久住址的皺褶裡
尋得庇護與再生

在彼

所有的懷疑都
找不到懷疑所需的
事實基礎

那正是夢境的
本體論
每一時刻都只為
它所被期待的
最美滿狀態
而存在

而我們的夢中情人
而我們的夢中情人
或許
將從中走出來
自行消解那些
我們的慾念賦予他的
矛盾吧

42

異族撤退前
夢中情人幾乎把
所有想像得到的
高尙言行都施展過了

他急於向昔日統治者
表達他一直沒有機會表達的
雍容大度與高貴教養
希望他們回到家鄉後
還會記住這個他們
試圖貶抑的民族
最美好的形象

夢中情人
太執迷於用
文明與氣度扳回
被殖民的過往
自視爲族人某一時刻的代表
忙於奉獻他的優雅與慷慨

到了晚間

他鑽進榻榻米上的
碎花被窩裡
把他的興奮與期待
體貼而深情地
和我的肉體分享

他用日語　閩南語和中文
長篇大論向我解釋
戰後世界新秩序
和一知半解的
祖國文化的優越性
偶而帶著良人的權威
偶而帶著孩童的憧憬

夢中情人
深雋著東洋文明
嚴格的克己復禮
也保有南方漢人的
靈活心靈與軟心腸

最特別的

是他和他的友人
都有著和自己的社會
與未來命運不相稱的
龐大世界觀與
夢想

這使得他們的樂觀
愈顯悲涼

兩年後
他極力美化、修飾的
民族與文化
朝他開槍
更久之後
島上的族人
還是放任了他最憂懼
也最不情願的方式
扳回鬱卒的過往

那些理直氣壯的撒賴
更加認定了歷史的虧待

苦難一直是人類犯錯
最現成的藉口
夢中情人不要
頒給自己這樣的
廉價的理由

他最大的浪漫在於
總是在劣勢的時候
賦予自己一個更高
於敵人或友人的
目標或要求

做一個精采的人
遠比不停訴求在
道德上作自我貼補的
受害者
精采多了
他這樣說服自己

但是那樣的榜樣

似乎在半個世紀前
被槍斃了

43

新謊言和舊謊言
爭著統治那座島嶼

最讓我耿耿於懷的是
無論多麼粗劣離奇
終有一方
將成爲眞理

最讓我耿耿於懷的是
在文明退化的年代
一個逼眞細膩的謊言
都顯得難能可貴
深具善意

因爲似乎只剩它
願意用心編造
夠尊敬眞理
尊敬你的智力

漸漸的也許
它就比眞理

更接近眞理

也許　唉
每一次的革命或
文明的演化都
必然伴隨著
一次美學的
屈辱與滅絕

每一次眞理的
揚威　或一個
歷史功業的成就
都必然伴隨著
一些美好信念
的破碎

但這所有的遺憾
會不會只是因爲
我們
始終更執迷於
某種逼眞華美的質地？

當美好質地與
感受質地的眼光
永久失傳
我們任由多種遺憾
在內心中相互
噬咬爲蠱——

夢中情人——
我們屢屢爲其興起
現實生活無法
阻攔或掩蓋的
失落與空虛之感的
心靈魅影——
屢屢騷動我們
原因
會不會就在這裡？

44

站在
永不打烊的電器部
上百台分堆於四層貨架上的
各式電視機前
他專心瀏覽著
那些永遠沒有天黑的
美滿畫面 ：

神似動畫的無暇美女
有著天堂的薄荷味的
異國風景
小心培養在液晶螢幕裡的
沙灘與海島
從陰森的時光復活
半木構的童話山城

啊我眞想遷居到
螢光幕的另一頭
在二十四個時區
輪流有寂寞的人
這樣許願而把

靈魂自囚在
輝煌炫麗的光點裡

現實世界越來越
受到虛擬世界的
充實　美化
篡奪與改寫
錯覺已佔據我們
對世界知識的大部分
眞實據以凌駕
不眞實的基礎
被一塊塊拆除

所有感官
早已被幻覺馴養
只有理性偶爾和
單調古老的事實
保持抽象的聯繫

夢中情人支撐著
昏昏欲睡的理性

靜靜站在
一百部電視機面前
以失眠的懊喪
對抗永遠沒有天黑的
美滿世界

只有在打呵欠時
他會抬頭打量那間
永不打烊的電器部
眼睛飽含疲憊的淚水

當電視第一千次
重複播放夢境般的
示範帶時
文明的永晝與永夜
已經開始

文明的永晝與永夜
已經開始
在中間徘徊的人類
必須回到
自己那一邊去了

45

文明的永晝與永夜
已經啓動

整個物種
被這樣的情勢
震懾住了
他們的
消費　享樂與
進化
無不帶著
把同類擠下
競爭懸崖的
惡意

像刮除不祥的印記
他們把失敗
失敗的夥伴　族人
失敗的國家與文明
從自己的生活中
知識裡
基因裡
抹去

整個物種
被這樣的情勢
震懾住了：
在大地龜裂
飢饉無告的
黑褐色南方
在震耳欲聾的樂聲
校閱健美胴體的
時尚健身房
在手機簡訊的罐裝情調
東洋漫畫式的生活情節
在進化的重力加速度裡
亢然幸福著的男女
以他們的幸福檢疫著
人類文明史上
最不潔　敗德的字眼：
弱者...

這樣踩著別人
肩膀或屍骸

以求進化的
垂直的文明裡
認輸的人
將沒有
說放棄的權利

46

文明的永晝與永夜
已經啓動

昨日
革命還在廣場上
威嚇我們
以他鮮紅的旗幟
雄辯的數目和
疾言厲色的修辭

今天
革命瑟縮在
金融大廈柱廊下
穿著拘謹的三件頭西裝
過氣　破舊而
自憐

我牽著夢中情人的手
快速走過他的跟前
帶著異樣的不忍
或異樣的羞憤

他曾讓無數同志
相信了不可置信的理想
也曾批判過
最難被更改的世界觀
那樣的能力與意志力
甚至足以苛責
不該苛責的
大部分人類

但在二十一世紀
最十九世紀的這幾年
資本主義已即位爲眞理
我們在颱風外圍環流
肆虐的傍晚躲進
火樹銀花的拱廊大街
隨興消費著革命圖騰、
理想、叛逆與
書店櫥窗裡
一張300NT的人像海報
只能慵懶想起
一些荒腔走板的正義

南美洲的過剩古董
過時標語與咒語

不再有報導的
抵抗
不再有抵抗的
不滿.....

47

在我們的溫室
幾乎沒有人
眞正沾染過帶著
思想病毒的血腥
更不曾意識到
在恐懼那激進蝗災的
集體潛意識隔鄰
我們自己一直
隱隱然把革命
視爲遙遠的靠山
和最終的反抗

因爲遠方有革命
我們謙卑的見解
才顯得如此正當

因爲遠方有革命
我們才可以
抬頭挺胸地
在此地卑微

如果遠方
或未來都
不再有革命
那麼
柔順的我們
會不會失去
極端者的庇蔭
而終得繼承
他們的宿命？

48

「爲什麼非要探討
夢中情人呢？
他不就只是
孤獨與失眠的解藥？

他牽著妳的手
在東區的鬧區遊走
他親暱地摟摟妳
揮灑著詼諧的
雙關語
機智又溫柔

他以體面的儀態
和堅固的社會角色
讓妳在這異化時空
有舒適安穩的椅座

或者
過人的魅力
出色的風格
已把他加值成

規格比我們更高的個體
一個
不再可以被
平凡的言行壟斷的
愛戀對象或信仰？」

「啊不
我的動機不是一首
完美的情詩
可以治癒的

我們一直隱隱感覺
我們永遠——
或者總有許多時辰
不是他們——
或者這個文明
所預設的對象

所以
夢中情人更像是
一個微形的文明

緊擁我們共同的
信念與誓言
去抵抗外界
那龐大　粗略而
無能與我們
共感(孤獨與憂傷)的體制」

49

「愛所象徵的價值
與它暗含的人性
礦藏與能量
如此懾人　壯觀
我們終極的自戀
始終捨不得把它
全部兌現　在一個
沒有更大可能性的
現實對象上」

「或者說
我們所目擊的
文明現場
無比輝煌
但大部分時辰
她的盛裝打扮
只被用來取悅
一個個被制約的
六尺之軀的
原始願望

人類的血與汗
情感與智商
絕大部份都被最直覺
最不被省察的
欲求與動機
所揮霍

就像早先最肥沃的
沖積平原
最濃密的熱帶雨林
與那摩肩接踵於
歷史的稜線上
總是苦心孤詣
優美的生靈

藉由對
永遠追索不到的
美好事物的牽掛
我們也許就可以
創造或相信一個
更經得起我們

作長遠付出的
對象
作為我們慾望
演化的方向...」

50

他將有壯美的形貌
深沉的智慧
溫婉的語調
孤獨自得的行徑
或者神秘的憂傷

他更擁有
最最巨大的理解力
可以如實告訴我們
人性或人的夢想
此刻處境的艱難

因此　他並不給我們
任何言不由衷的希望
而更像
更像一個精采的
失敗的榜樣
在種種困厄之中
挫敗　屈辱之中
不放棄夢中情人的
體貼與善解

自尊與優雅
人性上的可信度　以及
總是和慣有的瀟灑不羈
背道而馳的責任感

不放棄他的
多情與淫邪
與
一抹神秘笑容
孤芳自賞

資本主義改造著
我們慾念的基因
那過剩的創造力
遠遠超過人類所有
計畫與思考能力的
負荷

我們的美夢與惡夢
像被混和著磨過的
咖啡豆
沖泡出再無法分開的
文明裡人性的體味

從聖消費廣場
聖購物大教堂
禮拜的人群裡
放眼望去
荒蕪啊荒蕪正沿著
我們最美麗的生活動線
現代巴洛克的裝飾空間
位階比顧客更高的商品

亢奮的媒體與市招所
打造供過於求的
浮華世界
傳染開來

荒蕪已在繁華中
找到宿主...

不知自己可能就是
夢中情人的
夢中情人
從中步出
努力　專注
衣冠楚楚
他一面眞誠地接受
現實生活的擺佈
一面夾帶各式論述與態度
繼續安撫自己與
他人結紮夢想後的
孤獨

荒蕪已在繁華中
找到宿主...

夢中情人
在自己的慾望中
找到安身立命的城市

當紅燈亮起
一具具早衰的文明
拄著優雅的立姿
全神貫注於
綠燈的到來

當綠燈亮起
誰將勇敢決絕地
邁出他們內心中
遲遲不敢邁開的腳步

52

但是那人和我們的夢想
錯身而過
繼續在臭氧層破洞照射下
波濤壯闊的城市節奏裡
泅游　生存　演化
繼續　在街頭徬徨

他搭上最後一班捷運
跳出
旋又被捲入
這個世界試圖要
重新定義自己
重新定義
青春與美麗
價值與意義
的癲狂祭禮

在夜店裡喝酒搭訕
在MSN繼續搭訕
把女同事載到後山公園
把女同事的同學帶去

泡溫泉
或一邊吃便當
一邊在財經雜誌的字裡行間
幻想全球同步的
風雲際會與派對
或在旅行跟網路之間
讓真正的生活
拖延又拖延

於是
又一次
夢中情人脫下
沉重累贅的憂思
回到自己的本能
溫習他所熟悉的
無言慰藉與
殷勤的肉體

他繼續吻我
退後
把舌尖溢出我的唇線

把我的味覺擴散
到兩頰　耳垂
他溫柔地探索
我的身體像一座深淺不一的
不透明的湖泊
當他一腳踏實
我便收攏全身的官能去承受他
當他一腳落空
我便閃躲如湖底淤泥中的水蛇

53

啊
這被人類的創造力
釋放出資訊核能的
世界終將永遠
掙脫我們的感受與理解
即使其中輻射出來的
過剩之美
都足以讓我的官能
因揠苗助長而
凋委

如果我們繼續以
生命欲力餵養
這巨大、膨脹的神燈
我們將被自己的生產力
奴役至少一千年……

裹著凍紅的鼻頭
穿行過石雕巨靈
列隊守護的金融區
各式土洋「強權」

踞坐於各自的卡拿克神殿
在「強權」的內裡
其實已繁殖出任何
個人都無法更改的
制度化的慾望——
各種更爲優秀的「法人」
已爲此被演化出來
任何管理　擁有它的
個人　相形之下
都顯得脆弱　落後

當「歷史終結」
暗示某些血統
或「法人」或
意識形態或文明的
優勢地位確立

反省或自我批判或
被挑戰的陰影不再
籠罩那些
「進化論的選民」

而我們
我們只能繼續擁有
一種不獲
眞理加持的
異教情懷
不獲
眾人擁戴之人青睞的
孤芳自賞的
徬徨

繼續
被遊行人潮
推擠到歷史的
歷史裡

54

「然而」
然而我的夢中情人將會說
「那是多麼狂妄自大的想法啊」
「人類的歷史才開始
他們卻已沒有耐心
往下研讀」

夢中情人遞給我
一大把鈴蘭花和
薰衣草
果敢牽著我的手
一下子　我們
好像沿著春天的溪澗
要去探訪童年夢想的源頭

「也許是一顆隕石」
「也許是有著更兇猛觀念的
新生代恐龍
就將把那些
孵化他們的老邁恐龍
噬食淨盡」

「也許是某種溫柔的寄生蟲
也許是某種像癌症的
太過健康的貪婪」
我的夢中情人將會說
「都會讓他們的無知
無言以對」

我的夢中情人將在
無路可退的關鍵時辰
展現出平凡者的
自信與光芒

他遞給我一束肉桂枝
和一包迷迭香
摟著我的肩
穿行過
保全人員　提款機　林蔭道
Gated Community
園藝中心小卡車
旗艦店的櫥窗
穿行過詈罵　示威

內戰和就職典禮
而不受動搖

我的夢中情人將會說
「也許
我們此刻的憂傷
與渴望
都會讓他們的無知
無地自容......」

55

「然而，」
身旁濃濃的鼻息停止擠迫
力圖以切題的言談
參與我的思緒
以擺脫原先聆聽
與被書寫的體位：

「如果我們連作夢
作夢的本能都已退化
必須由生產線代勞
裝了人工羽翼的蒼鷹
還能否在雲端飛翔？

如果我們也不是夢中自己
因為還夢想不出來
我們怎能指認出眞正
屬於我們的夢中情人
並確定任何交往都
不會減損其中暗含的
完美情誼？」

「而且，」
「有如地球投影術般
在這首嘗試
爲我們的情慾與文明
繪製地圖的詩作裡
妳始終無法同步呈現
任一簡單事實的正反
與兩側

你甚至忽視了愛情
那過時但其實
永不過時的母題
那
自動會把缺陷與愚昧
視爲完美與理想的
主觀力量
那
妳根本無從面對的
情境與自然現象」

他力圖議論

以擺脫被我思索的窘境：
「你所詠歎的
其實是某種
被期待的理想人格
如何在慾望的進化
與不進化中
喪失
他顯現的
能力與意義」

然後他用枯裂如蛇蛻的
嘴唇前緣
收割著我頸動脈上的
汗毛
力圖溫存以擺脫
參與議論的窘境

「像一種文明的孤寂
的傳遞」

「藉由它的渲染　延伸

妳同時散播了
愛的孤寂」

「誠然
在欲念被滿足
而愈顯空虛的時候
兩種孤寂
是十分類似的」

56

永遠不願進化的
我們永不饜足的
單細胞的慾念啊
我該如何安置你呢
在文明的書架上

你像我們體內的
冬蟲夏草
永遠共存著
無法共存的兩端
一端連結著星座
和它所覆蓋的遠方
一端滋養於
濃烈而不見天日的
盲目意志的礦床

你駕馭著我
以最優雅
以最狼狽不堪的形式
你駕馭著我
以最憂傷

以最甜蜜的體驗
你駕馭著我
以和生命甚至和
生物史等長的詛咒

我曾試圖順從你
卻無力抵禦鉅量波濤的
翻騰刷洗
我曾試圖藐視你
那卻使我看不見
所有知識的動力
我曾試圖抗拒你
一如唯心的宗教和
唯物的教條
那卻使得整個世界
像被擰乾　脫水的
肉體
我曾試圖改變你
並冠以文明之名
與形

但是
每一個噩夢的出口
都只是更深噩夢的入口
每一個魔咒的解除
都只是另一個魔咒的啟動

57

當文盲開始撰寫
我們的文學史時
不要急也不要憂傷
我們將把文學
從學校領回來
把它帶到
每個獨處的時辰
或美滿的早餐桌上

夢中情人
將爲我們
開闢出一條
文明的
地下伏流
我們將沿著發光的河床
安全回到我們的夢想

讓世界兀自
以世界的規模
在外頭演化吧
我的內心早已

脫隊　走向
水深及膝的太平洋
我的基因也
無力跟隨　回應
這些輝煌的變幻
這些被視爲
理所當然的
追求與背叛

緊緊牽著夢中情人的手
站在節慶小燈明滅不定
的落地窗前
我們的抵抗意識柔軟
但漸趨堅定
我們遺世獨立的
小小文明
正在成形

58

我們遺世獨立的
小小文明
正在成形

59

我徒涉水深及膝的太平洋
到阿拉斯加看
擱淺的座頭鯨
我的步伐划著流動的陽光
腳掌深陷貝殼與珊瑚
被時間磨成細沙的海床
感受到血管裡
倦旅者對地球初期的懷鄉
正和那會把所有個體都
融解掉的
廣大時空
隔著一層薄薄的我
相互滲透激盪

這是何等壯麗的心慌
一旦我們以自我意識
的清明
岔出自我意識的虛妄
我們將從
這四十六億年的星球
有史以來最大的

疲憊裡
窺見文明與
消費世界的破綻
窺見
我們的列車據以快速前進的
斑駁大地
直接 —— 以潮汐被磨損的週期
以落日那理所當然的
艷紅的死與蒼白的再生
以淺海中一隻
翻覆的海星
直接向我們顯現了
生物演化的
遲緩　艱難

60

夢中情人只是一種
單純的渴慕嗎？
還是我們內心中
所企盼與失落的
元素的總合？
他們加起來有時
遠遠大過你自己
有時遠遠小於你

那個一直被文學
與戀人忽視　但
努力在生活與思索
無謂地抵抗並
無謂相信著的
你？

或是
那個被豐盛的文明所滋養
被旺盛的生命力所支撐
被熱切的想像力所期待
而被

那總是緊守在旁的溫柔探問
與透過低音擴散的濃情密意
精準的執行出來的
你？

「不　這都不會是我
我自私軟弱平庸困惑
雖然心中充滿愛
卻無能也無意志
去實踐
甚至啊
無意志去抵抗
那些會辱沒了妳的
貪淫念頭

但是
如果
妳可能打電話來
爲了探望我們
最早先愛情的動向
一些塵封已久的

記憶或願望
或　只是某種對
現實國境外的
星火般的好奇

或只是爲了證實
我是不是
妳所認識
並終會原諒的
那個我
我都將充分
準備好
妳所期待的遭遇
提前一百年
守在電話的
這一頭」

0936-772001
子夜鐘敲十二響
準時撥出這號碼
你便聽見傳言中的聲音:

喂？......
喂？......
喂？......

2003年6月初稿完成
2003年9月修訂六版
2004年3月21日第十八次修訂
以後又經無數次修訂

後記

在我的深層恐懼裡，每一首完成的作品，都必然是某種形式的敗筆、缺陷、或至少是，可能的失敗證據。
而篇幅愈大的作品，失敗或發現敗筆的可能性自然也就愈大。
我的深層恐懼一直不曾浮到表層，因爲我完成過的作品似乎都還沒長到那種程度；總是在我快要嗅到某種具體的缺陷之前，作品已經結束。
然後我仔細打點他們，看著他們一一走出，四肢完整，眉清目秀。但我始終不能確定，走出去的這些作品中，那幾篇將潛伏著嚴重的失誤或先天的缺陷，那幾篇將安然渡過最嚴苛的閱讀。也許，發表當時或多年以後，我都將帶著可以釋然或無法釋懷的心情，一一發現那些不健康的基因在時光之中顯現。
但是這一次的創作經驗較爲不同：我更遠離了我一貫潔癖的題材、態度與風格，更率直的嘗試了某些態度與表達方式；更明顯的改變則是，我幾乎是用一整本書的篇幅來處理一個特定的主題。
自然的，打從一開始，某種對敗筆與缺失的焦慮就前所未有地支配著我。那些在創作過程發生的不滿與自我懷疑，累積起來，竟然壓制了我對整個作品的語言質地的擔心。因爲這種不踏實的無奈之感大過我對自己作品的判斷力，也大過我去修改他、面對他的意志與能力。（雖然零星、技巧性的修改一直進行，迄今已超過二十次，但是構想、書寫策略或結構等基礎工程，幾乎是從作品成形就原封不動地承襲下來。它當然不是沒有缺失，而是你對於某種宏觀訊息的關注完全排擠了你對細節的感受力）

但是，我爲什麼仍要冒著我戲稱的「身敗名裂」的危險，執意去完成它呢？

一方面我覺得我對於進化、文明與情慾彼此之間的關聯性的思索已到了應該交報告的時候，另外一方面我相信，無論再怎麼潔癖、東方，任何一個成熟、自覺的創作者，一輩子要至少一次面對像「情慾」這麼主宰著創作行爲的主題；關於這部分，我也覺得已到了該深切反思、反省的年紀了。

此外，對於我所困處的島嶼，在幾個不是頂重大的偶然元素的誘發之下，硬是脫離了歷史與人性的正軌，而陷入分裂與文明的倒退，我其實是頗爲驚駭的。 原先「文化理想」、「精緻中國」的鬆散憧憬被桀厲、粗暴的言行驚醒，一時之間便要煙消雲散—— 我不知道島內其他人的感受，但我必須以文字來見證自己的感受。

雖然如此，這個主題也只像是被夾帶進餐廳的零食，我並不希望它因此妨礙了我對某種全球性文明議題的探討。

在這首未預期的長詩裡，我試圖傳達的訊息是：透過對夢中情人此一概念的衍伸性探索，來呈現人類的情慾與文明之間某種華麗的因果關係或曖昧的諧擬關係；並以生物演化的宏觀角度，來化約我們一直自以爲是的行爲與價值。

我相當程度地確信，人類在歷史的此刻—— 在冷戰結束，資本主義雷厲風行、在發達科技與工具理性造成的錯覺下，人們空前無知卻空前高傲；但是一個明顯的事實是：我們此刻的文明連一個像樣的理想人格（夢中情人）都杜撰不出來。

我們希望人類未來朝怎樣的心中影象來演化改良？

我們，如果能擺脫競爭焦慮與物慾焦慮的話，會希望自己、自己的孩童、情人以及打交道的其他人是什麼樣子的人類？

我依稀記得在某一本書的小小序言中提及：詩創作對一個社會的可能貢獻之一，就是以它的言辭或其他充滿想像與感染力的方式，爲社會創造出值得被認同的價值象徵或理想人格。

那個時期，在這樣的信念下，我改寫了孔子與老子、屈原、耶律阿保基、徐霞客、柳敬亭一直到齊天大聖孫悟空。現在看來，那顯然是屬於文化浪漫主義時期過度純粹化、理想化的美好宣示。

此時此刻，似乎只有更爲直接、繁雜、俗世、現實的題材與元素才足以把我的探討深刻化、嚴肅化。

即使如此，雄踞於人類文明各時期的神話、史詩或典故，仍是我覺得說服自己或別人最具想像力的工具，因此在這首長詩裡，我至少創作、改寫了三星堆的典故（4）、埃及史詩（6）、詩經典故（8）、巴比倫史詩吉甘美西（10）、印度史詩羅摩耶拿（12）、希臘神話與畢卡索（14）、一千零一夜（20）、中世紀與唐吉坷德（25）、黑死病與愛倫波的「紅死病」（27）、浮士德與路德維希二世（40）以及一些近、當代史的影射和一些我得意杜撰的個人寓言或「私典故」。

藉由這些故事，我虛構了夢中情人概念上的演化、對比出情慾的進化與不進化，同時把這原本相當私密而主觀的個人範疇事物和人類集體的文明儀式與消費行爲相聯結。在這樣的聯想之下，夢中情人之於個人、理想人格之於文明，就有了可以互文、諧擬、同步追索的基礎。

我隱隱相信這樣做可以讓我的詩作── 在輕忽了它慣有的精緻美學的職守之後── 可以開發出一些它較少被要求的某種思維機能、主題實驗或，本質上十分後設的「文字工具」面對媒體大爆炸的新宇宙種種現象的可能角色。

我預期對這首詩的挫敗感不會消失，我對這首詩實際或想像中的修改也沒有止境。

無論如何，直到現在，我仍每每被詩中奮力思索的自己那由衷或不由衷的反思與自省所啓發、鼓舞。

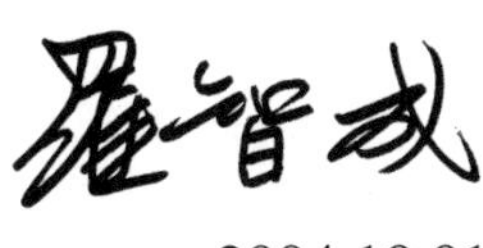

2004.10.01

INK PUBLISHING 文學叢書 077

夢中情人

作　　者　羅智成
總 編 輯　初安民
美術編輯　徐華谷
校　　對　羅智成

發 行 人　張書銘
出　　版　INK印刻出版有限公司
台北縣中和市中正路800號13樓之3
電話：02-22281626
傳真：02-22281598
e-mail:ink.book@msa.hinet.net
法律顧問　漢全國際法律事務所
林春金律師

總 經 銷　成陽出版股份有限公司
訂購電話：03-3589000
訂購傳真：03-3581688
http://www.sudu.cc
郵政劃撥　19000691 成陽出版股份有限公司
印　　刷　海王印刷事業股份有限公司

出版日期　2004年12月 初版
ISBN 986-7420-43-8
定價　200元

國家圖書館出版品預行編目資料

夢中情人／羅智成 著.
--初版, --臺北縣中和市: INK印刻,
2004〔民93〕面； 公分（文學叢書；77）

ISBN 986-7420-43-8（平裝）

851.486　93021318

INK INK INK INK INK INK INK
K INK INK INK INK INK INK I
INK INK INK INK INK INK INK
K INK INK INK INK INK INK I
INK INK INK INK INK INK INK
K INK INK INK INK INK INK I
INK INK INK INK INK INK INK
K INK INK INK INK INK INK I
INK INK INK INK INK INK INK
K INK INK INK INK INK INK I
INK INK INK INK INK INK INK
K INK INK INK INK INK INK I
INK INK INK INK INK INK INK
K INK INK INK INK INK INK I
INK INK INK INK INK INK INK
K INK INK INK INK INK INK I
INK INK INK INK INK INK INK
K INK INK INK INK INK INK I
INK INK INK INK INK INK INK
K INK INK INK INK INK INK I
INK INK INK INK INK INK INK
K INK INK INK INK INK INK I
INK INK INK INK INK INK INK
K INK INK INK INK INK INK I
INK INK INK INK INK INK INK
K INK INK INK INK INK INK I
INK INK INK INK INK INK INK